兒童文學叢書

・藝術家系列・

石頭裡的巨人

米開蘭基羅 傳 奇

喻麗清／著

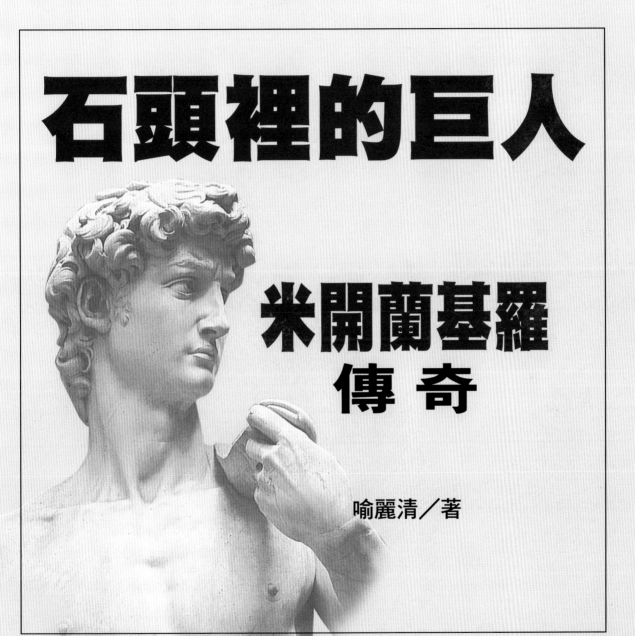

三民書局

國家圖書館出版品預行編目資料

石頭裡的巨人：米開蘭基羅傳奇 / 喻麗清著.——二版
一刷.——臺北市：三民，2008
面；　公分.——(兒童文學叢書・藝術家系列)

ISBN 978-957-14-2736-2　(精裝)

1.米開蘭基羅(Michelangelo Buonarroti, 1475-1564)
—傳記—通俗作品

859.6

© 　石頭裡的巨人
——米開蘭基羅傳奇

著　作　人	喻麗清
發　行　人	劉振強
著作財產權人	三民書局股份有限公司
發　行　所	三民書局股份有限公司
	地址　臺北市復興北路386號
	電話　(02)25006600
	郵撥帳號　0009998-5
門　市　部	(復北店)臺北市復興北路386號
	(重南店)臺北市重慶南路一段61號
出版日期	初版一刷　1998年1月
	二版一刷　2008年11月
編　　　號	S 853791

行政院新聞局登記證局版臺業字第○二○○號

ISBN　978-957-14-2736-2　(精裝)

http://www.sanmin.com.tw　三民網路書店

閱讀之旅

　　很早就聽說過藝術大師米開蘭基羅、梵谷、莫內、林布蘭、塞尚等人的名字；也欣賞過文學名家狄更斯、馬克‧吐溫、安徒生、珍‧奧斯汀與莎士比亞的作品。

　　可是有關他們的童年故事、成長過程、鮮為人知的家居生活，以及如何走上藝術、文學之路的許許多多有趣故事，卻是在主編了這一系列的童書之後，才有了完整的印象，尤其在每一位作者的用心創造與撰寫中，讀之趣味盈然，好像也分享了藝術豐富的創作生命。

　　為孩子們編書、寫書，一直是我們這一群旅居海外的作者共同的心願，這個心願，終於因為三民書局的劉振強董事長，有意出版一系列全新創作的童書而宿願得償。這也是我們對國內兒童的一點小小奉獻。

　　西洋文學家與藝術家的故事，以往大多為翻譯作品，而且在文字與內容上，忽略了以孩子為主的趣味性，因此難免艱深枯燥；所以我們決定以生動、活潑的童心童趣，用兒童文學的創作方式，以孩子為本位，輕輕鬆鬆的走入畫家與文豪的真實內在，讓小朋友們在閱讀之旅中，充分享受到藝術與文學的廣闊世界，也拓展了孩子們海闊天空的內在領域，進而能培養出自我的欣賞品味與創作能力。

　　這一套書的作者們，都和我一樣對兒童文學情有獨鍾，對文學、藝術更是始終懷有熱誠，我們從計畫、設計、撰寫、到出版，歷時兩年多才完成，在這之中，國內國外電傳、聯絡，就有厚厚一大冊，我們的心願卻只有一個──為孩子們寫下有趣味、又有文學性的好書。

　　當世界越來越多元化、商品化的今天，許多屬於精神層面的內涵，逐漸在消失、退隱。然而，我始終牢記心理學上，人性內在的需求──求安全、溫飽之後更高層面的精神生活。我們是否因為孩子小，就只給與溫飽與安全，而忽略了精神陶冶？文學與美學的豐盈世界，是否因為速食文化的盛行而消減？這是值得做為父母的我

們省思的問題，也是決定寫這一系列童書的用心。

　　我想這也是三民書局不惜成本、不以金錢計較而決心出版此一系列童書的本意。在我們握筆創作的過程中，最常牽動我們心思的動力，就是希望孩子們有一個愉快的閱讀之旅，充滿童心童趣的童年，讓他們除了溫飽安全之外，從小就有豐富的精神食糧，與閱讀的經驗。

　　最令人傲以示人的是，這一套書的作者，全是一時之選，不僅在寫作上經驗豐富，在藝術上也學有專精，所以下筆創作，能深入淺出，饒然有趣，真正是老少皆喜，愛不釋手。譬如喻麗清，在散文與詩作上，素有才女之稱，在文壇上更擁有廣大的讀者群；陳永秀與羅珞珈，除了在兒童文學界皆得過獎外，翻譯、創作不斷，對藝術的研究與喜愛也是數十年如一日用功勤學；章瑛退休後專心研習水墨畫，還時常歐遊四處欣賞名畫；戴天禾有良好的國學素養，對藝術更是博聞廣見；另外兩位主修藝術的嚴喆民與莊惠瑾，除了對藝術學有專精外，對設計更有獨到心得。由這一群對藝術又懂又愛的人來執筆寫藝術大師的故事，不僅小朋友，我這個「老」朋友也讀之百遍從不厭倦。我真正感謝她們不惜時間、心血，投入為孩子寫作的行列，所以當她們對我「撒嬌」：「哇！比博士論文花的時間還多」時，我絕對相信，也更加由衷感謝，不僅為孩子，也為像我一樣喜歡藝術的大孩子們，可以欣賞到如此圖文並茂，又生動有趣的童書欣喜。當然，如果沒有三民書局的支持、用心仔細的編輯，這一套書是無法以如此完美的面貌出現的。

　　讓我們一起——老老小小共同享受閱讀之樂、文學藝術之美，也與孩子們一起留下美好的閱讀記憶。

作者的話

有人不知道米開蘭基羅是誰嗎？

形容一個人的多才多藝，我們有個現成的形容詞：那就是「文藝復興人」。

這個詞，主要就是因為歐洲文藝復興時的藝術家們，他們才藝之俱全真是驚人，尤其是米開蘭基羅。他不但會雕刻、會畫畫、會建築，還會寫詩。

中國以前的文人，也很多才多藝，琴棋書畫都要精通之外，還要會設計庭園。可是，中國的文人裡頭，還沒聽說過有誰是會雕刻的。

我們比較習慣於柔美，而西方人比較崇拜壯美。你看希臘石像不是個個高頭大馬、結結實實的，連女神都不例外？希臘人愛石頭、愛裸體，其實希臘人未必長得像他們的石像那樣的美，那些裸體只是代表他們的理想美而已。米開蘭基羅愛希臘文化，愛柏拉圖學說，上了藝術學校，雕刻當然就是他的第一志願。

小時候，我常聽母親說一句俗語：「天不從人願，勉力為之必有喜。」

畫畫是米開蘭基羅最不情願做的事，因為教皇的命令他不能不

做，結果他盡心盡力，真畫得「石破天驚」呢！

　　天才，並不是一種才能可以讓你隨心所欲，而是一種你只要一努力就能做好、別人卻要十倍努力才做得好的那種才能。要是連那一分的努力都沒用上，那還不如龜兔賽跑裡的那隻烏龜，反而浪費了天才。

　　不信的話，請看看米開蘭基羅。

喻麗清

喻麗清

　　臺北醫學大學畢業後，留學美國。先後在紐約州立大學、加州大學柏克萊分校任職，工作之餘修讀西洋藝術史。現定居舊金山附近。喜歡孩子，喜歡寫作和畫畫。雖然已經出過四十多本書了，詩、小說、散文、童書都有，但她覺得兩個既漂亮又聰明的女兒才是她最大的成就。

米開蘭基羅

Michelangelo Buonarroti

1475~1564

1. 石頭裡的巨人

一九九五年，座落在美國紐約市第五大道九百七十二號的法國大使館忽然大大的忙碌起來。不是因為有人抗議法國的核子試爆或者恐怖組織分子在那兒安放了炸彈，而是考古藝術學家們發現：擺在他們一樓大廳的那個看起來像希臘石雕的丘比特像，原來是米開蘭基羅的作品。

這下子可麻煩了，法國說這石像在他們使館的土地上，那當然是屬於他們的；可是美國說連紐約都是他們的，哪有讓這石雕被運送出國的道理呢？而且紐約市到現在還從來沒有過米開蘭基羅的雕刻收藏品，只有幾張他畫壁畫時打的草稿就已經寶貝得不得了，這天上掉下來的禮物，他們哪能放過？現在只好暫時和解，由法國的羅浮宮和紐約的大都會博物館共同擁有，以便輪流展出。

還好義大利沒有出來爭討，不然

事情更要鬧大。因為，米開蘭基羅是義大利人啊！

這件一公尺高的鬈髮裸體青年，缺了雙臂和腿的下半段，對米開蘭基羅來說，只能算件小品，說不定是當年他丟到垃圾箱裡不要了的東西。你看，他傳世的作品，件件是碩大無比的，像石頭裡轟然而出的巨人。這麼件小玩意兒，還給全世界人搶來奪去的，米開蘭基羅地下有知，相信他嘴都要笑歪了。

藝術是沒有國界的，偉人也沒有國界，而米開蘭基羅更是屬害，他不但是藝術家而且是個偉大的藝術家。可是，他生前哪裡知道，整天忙得要死，連在作品上簽個名字的工夫好像都沒有。要是簽了名，就不會這麼麻煩了。

米開蘭基羅只有一件作品是親自簽了名的，那就是〈聖殤〉：聖母抱著垂死的耶穌的那座大理石雕刻。

他做那大理石像的時候才二十四歲，人家不相信真是他做的，他一氣之下，當天晚上就溜進教堂，在這石

聖　殤

（1497〜1500年　大理石　174×195cm　梵諦岡聖彼得大教堂藏）

4

像最容易看到的地方刻上了名字。現在你看，聖母胸前的飾帶上米開蘭基羅的名字——MICHELANGELO BUONARROTI——幾個字是很清楚易認的。

　　當然這只是傳說，不過也由此可見他是個才氣大、脾氣更大的人，同時，他對自己這件作品一定也是非常的引以為榮，所以他才會細心的把名字刻上去。

　　但是，一九七二年時，有個瘋子竟拿著鐵錘把〈聖殤〉石像上聖母的鼻子給砸破了，幸而及時搶救，不然多可惜啊。其實，那個瘋子想用一把鐵錘來毀壞〈聖殤〉，就好像拿把吃飯用的叉子要去花園裡種樹一樣，他不知道那座大理石像的石材是多麼的堅硬。這也不能怪他，因為，那石像給我們的感覺是那樣的柔軟：聖母的頭巾和衣服，如同布做的一樣，褶痕累累；耶穌瘦而垂死的身軀，連肋骨都清晰可數；還有那攤在底座上的衣袍，複雜紛亂得跟一位痛失了愛子的母親的心情一樣。看起來哪裡是由石礦中開採來的一大塊巨石變成的？

5

聖殤（局部）
鼻子是修補過的。

　　米開蘭基羅就是有這樣的本事：他能將石頭創造出生命來。如何由石床中挑出一塊可造之材？如何由一塊頑石雕刻出藝術品來？一刀一鑿，苦力似的痕跡，全在他的天才下變得無影無蹤了。好像石頭是阿拉丁神燈，只要他一擦，石頭裡被禁閉著的靈魂就會跑出來。他的天才也是一樣，當他二十四歲做出〈聖殤〉這樣子的作品時，他的天才再也掩不住了。再過一年，他又做了〈大衛〉，全義大利最偉大的雕刻家就更是非他莫屬了。

　　但是，〈大衛〉做好的時候，米開蘭基羅所受到的挫折比所得到的讚美還要多。因為它的裸體石像實在裸得太「一目了然」了，有人寫信要他在大衛身上加片葉子，有人拿石塊向它投擲。

　　年輕的大衛其實就是年輕的米開蘭基羅自己。那時，他還不是什麼戰勝者、不是什麼大英雄的姿態，而只是一個初生之犢，傲然的跟他的對手怒目而視。這年輕的肉體，既有著希臘的古風又充滿了勇往直前的浪漫，

它純潔得不知敬畏、不知羞恥，十三英尺高的巨大形象，在陽光下散發著令人不敢逼視的傲氣。好像法國詩人波特·萊爾的詩：

看啦
我是美麗的
平凡的人們啊
我美如石塊的夢

對當年那些早已習慣基督教思想的人而言，希臘古風真是有如異教。因為希臘文化是自由的、人本的、多神的，幾乎可以說：人的意志大過神的信仰。本來這個〈大衛〉是想請另外的一位藝術家刻個先知上的像日期到了還沒有動工，那位藝術家就讓米開蘭基羅來完成。米開蘭基羅一見到那塊巨大的大理石，愛得不

8

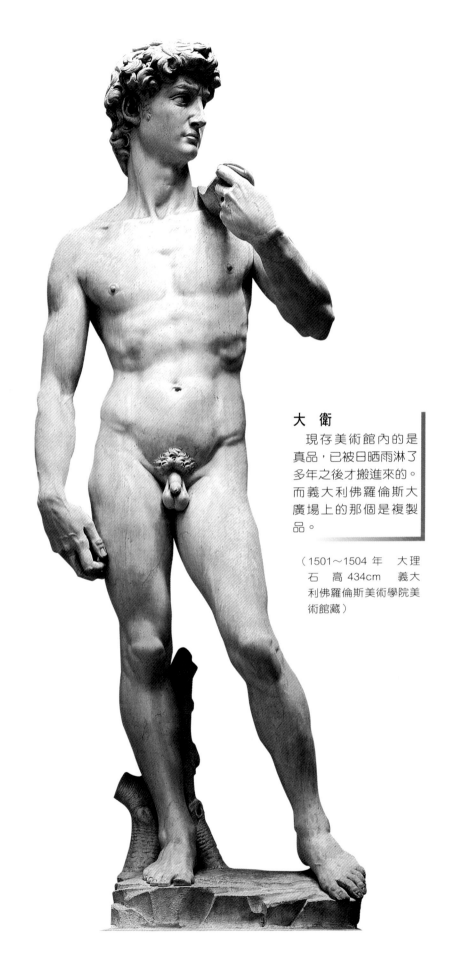

大　衛

　　現存美術館內的是真品，已被日晒雨淋了多年之後才搬進來的。而義大利佛羅倫斯大廣場上的那個是複製品。

（1501～1504 年　大理石　高 434cm　義大利佛羅倫斯美術學院美術館藏）

9

得了，哪還管什麼先知不先知的。平時他對石塊的挑剔常使採石工人「罷工」而令他頭痛不已，如今這石塊在他眼裡簡直美得連西施也比不上呢！

等石像一揭幕，人們大吃一驚，紛紛跌破眼鏡。那強而有力既粗獷又高貴的肉體美，跟〈聖殤〉那種純潔感傷的幻想美截然不同，但我們可以看出這時米開蘭基羅那種英雄主義的氣質，那種壯美的藝術風格已經義無反顧的確立了。

不久，教皇猶理斯二世請他到羅馬去設計墳墓（正式的說法應是「靈寢」，就是讓靈魂睡覺的地方）。那時候，被選去為教皇建造墳墓，就像埃及人給法老王造金字塔，比現在得諾貝爾獎還要了不起。

我們都知道歐洲的文藝復興巔峰期是在羅馬，當時羅馬藝術界的三位巨人是：達文西、米開蘭基羅和拉斐爾。有趣的是達文西比米開蘭基羅年長二十歲，米開蘭基羅又比拉斐爾年長八歲。米開蘭基羅到了羅馬，把達文西給擠到法國去了，所以後來達文

西是死在法國的，〈蒙娜麗莎〉就是那時達文西的未完之作，他帶到法國去修修改改的，一直畫到臨終。

你們想，會不會〈蒙娜麗莎〉的那種笑就是達文西故意畫給米開蘭基羅看的？達文西一面畫一面在想:「好吧，我老了，讓位給你吧，有一天你跟我一樣也是要老的。富貴榮華與愛情我不曾有過嗎？青春美麗和死亡我沒有見過嗎？」他心中所有的妒嫉、嘲諷與洞穿世事的清明，所有對人生那種複雜的、神祕的感情結果統統結晶出來，化成了〈蒙娜麗莎〉詩意的眼神和笑容，同時也變成了法國現在的國寶。

米開蘭基羅也不知是命好還是不好，偏偏拉斐爾是個短命的天才，只活到三十七歲，所以米開蘭基羅沒有受到太多拉斐爾的威脅，但也沒嚐到達文西那樣還笑得出來的詩意的人生滋味。

米開蘭基羅的長壽，跟他的天才一樣驚人，他活到九十歲，幾乎是與他同時代另兩位天才藝術家達文西和

拉斐爾生命的總和。可是，他一生多災、多難、多病痛，世上溫柔的東西好像都跟他無緣，終其一生，沒跟女人談過戀愛，沒結過婚，是一個十足的工作狂。

聖母哀基督
　這是〈聖殤〉的晚年版，米開蘭基羅生在一個神權崩潰、個人主義崛起的時代，他早年的作品還很有宗教味兒，但老年時想表現的幾乎都是自由意志掙扎過後的悲傷與無奈。這一座〈聖母哀基督〉像，看起來倒像是現代人雕的呢。

（1552～1564 年　大理石　高 195cm　義大利米蘭史弗沙古堡美術館藏）

2. 雕 刻

　　米開蘭基羅生於一四七五年三月六日，別人的生日大概不容易記住，但米開蘭基羅的生日，全世界喜歡電腦的人沒有人不知道的。因為他們最害怕的「電腦病毒」有幾年都在他生日那一天發作，結果好多電腦在那一天統統都出毛病，他們因此叫那種病毒為「米開蘭基羅病毒」。人家的生日，歡歡喜喜的慶祝，米開蘭基羅的生日，全世界的電腦人都怕得要命。你看，米開蘭基羅這個人有多命苦。不過，米開蘭基羅到底與眾不同，就連他的生日你想忘了也不成。

　　米開蘭基羅出身世家，父親是位法官，家中兄弟五人，他排行老二。父親是個很暴躁但很怕上帝的人，母親則在他六歲時去世了。於是，父親就把他寄養在奶媽家裡，奶媽的先生是個石工，所以他在石頭堆裡敲敲打打的長大，說不定這就奠立了日後他

素描習作：聖彼得

十四歲就畫得這麼好，「天才為何物」還用問嗎？這是米開蘭基羅僅存的一張最早期的素描，為臨摹馬薩其奧的壁畫，畫上斜格形的明暗顯示法是他的繪畫老師吉爾蘭戴歐特有的畫法。

（約 1490 年　鋼筆、紅色炭筆　31×18.5cm　德國慕尼黑國立博物館藏）

馬薩其奧　義大利佛羅倫斯布蘭卡契教堂壁畫一景

馬薩其奧和喬托的壁畫是當時每個學畫畫的都要臨摹的。馬薩其奧也是天才中的天才，他是自喬托以來把人體比例畫得最完美的第一人。雖然只活了二十七年，但他留在佛羅倫斯布蘭卡契教堂裡的壁畫，一直是畫家們臨摹的對象，後來那所教堂乾脆就變成了美術學院。他曾設計一個靈寢，在大理石的墓上刻一付完整的死人枯骨，枯骨旁用義大利文刻了兩句非常有名的詩：「我從前像你一樣，你以後會像我一樣。」(What you are, I once was. What I am, You will become.)

變成雕刻家的基石。但是，十三歲之前，父親根本不允許他當藝術家，然而，挨打挨罵都沒有法子阻止米開蘭基羅對於藝術的著迷，最後父親只好把他送進當時佛羅倫斯最有名的繪畫學校，只學了一年多，他已經可以畫得比老師還好。

基本上，米開蘭基羅是不喜歡畫畫的，他對雕刻一往情深，不久，他就轉入了雕塑學校。

十七歲時，他浮雕了一個戰爭場面〈聖特爾斯之役〉，好得像古希臘雕刻家的手藝。同時，也可看出他對男體各種各樣的形態已經有了相當完美的研究。

當時，學校的主辦人對他非常鍾愛，就讓他搬到他家中跟他的兩個兒子平起平坐如同義子一般。那位「校長」就是有名的梅迪奇親王，他有點兒像我們春秋戰國時代的孟嘗君，家中經常是「食客三千」，每天高朋滿座，不是詩人來朗誦，就是哲學家來辯論，年輕的米開蘭基羅就在這種帶有濃厚的希臘古風的氣氛中漸漸塑造

聖特爾斯之役 （約 1492 年　大理石　84.5×90.5cm　義大利佛羅倫斯波納羅提教堂藏）

了自我。雖然當時教皇的勢力還是很大，但是柏拉圖思想卻最能打動米開蘭基羅的心。

米開蘭基羅一生，遇到過兩位知己，一位是梅迪奇親王，一位是教皇猶理斯二世。米開蘭基羅後來常做些半途而廢的作品，可能跟這兩位非常愛他的知己先後死去，而他自己又苦

梅迪奇家族靈寢

　　1520 到 1534 年，
米開蘭基羅都在為梅
迪奇家族設計墳墓
（其實也是一個家族
紀念館，如同我們中
國供奉靈位的祠堂），
十幾年都沒有完工。
圖為梅迪奇雕像及其
下的陪襯：日與夜。
米開蘭基羅只有早期
的聖母雕像還有女人
味，後來的女像都不
好看，因此可見，他
對男性肉體的崇拜是
很明顯的。

（大理石　義大利佛羅倫斯梅迪奇小禮拜堂藏）

無愛的對象有關。天才，也許是上帝選擇了他特別給他的禮物，但對米開蘭基羅而言，除了工作，他其實別無選擇。藝術是他發洩苦悶的地方。

摩西

這座雕像有趣的是他的頭上長了角。據說米開蘭基羅自己就長得像這個樣子。他肌肉結實像個三輪車夫，那是當然的，石頭又不是豆腐，雕刻起來又錘又打，真是辛苦得像個苦力。而他也許覺得命定如此，如同摩西，一切都是上帝的旨意，可是讓他頭上多出兩個角來，卻是他自己的意志可以控制的，也多少算是某種反叛與報復吧。

（1513～1516年　大理石　高235cm　梵諦岡聖彼得大教堂藏）

3. 繪 畫

　　當米開蘭基羅被教皇猶理斯二世招到羅馬為他建造一個規模龐大的墳墓時，他才三十歲，真是意氣風發不可一世。他騎馬在山上尋找石床的時候，常恨不得把整座山拿來雕刻。他才氣大、脾氣大、人緣不好，妒嫉與毀謗他的人當然比比皆是。其中妒嫉得最屬害的是當時的大建築師勃拉芒德，他百般阻撓，結果這工程就中止了。米開蘭基羅很生氣，想跑到土耳其去再也不要見教皇的面。偏偏這位教皇跟他的個性像極了，也是個固執得不得了的人，下通緝令把他抓回來之後，叫他去畫西斯汀聖堂的天頂。

　　米開蘭基羅一向自認為是個雕刻家，不是畫家。他知道當時的拉斐爾實在畫得好，那種優雅的美，他是不屑於去畫的。但給教皇出主意要他畫畫的，就是那位大建築師勃拉芒德，他因為故意要讓米開蘭基羅出醜，所

以極力慫恿教皇給米開蘭基羅這個苦差事。當然不接受也不成，教皇是可以砍他腦袋的。

原來教皇的意思是要在西斯汀聖堂天頂畫十二門徒像，但米開蘭基羅非常不喜歡，畫了一點又跑掉了，教皇又派人把他抓回來。這次，米開蘭基羅想：反正看樣子是逃不了啦，不如把心一橫，要畫就畫給他們看看，十二門徒算什麼，要畫就畫《聖經》中的整部〈創世紀〉。於是，他跟教皇討價還價的，終於說服了教皇，不

但讓他全權處理所畫的內容，並且還答應他在沒畫完之前誰也不許去看他畫，包括教皇自己在內。

後來教皇病重，自知不能久等，有一次還拿起手杖沒頭沒腦的把米開蘭基羅打了一頓，說：「你天天說還沒畫好、還沒畫好，要叫我等到死了以後嗎？」米開蘭基羅受了感動，才開始廢寢忘食的努力作畫。

結果，他一畫就畫了四年，畫得沒日沒夜的，畫得未老先衰。因為長時期的仰著脖子作畫，顏料又時常滴到眼睛裡，等畫完時，他背也駝了，視也茫茫，才三十八歲的人看上去卻已像個又老又醜的怪物（他在給別人的信裡這樣自嘲著）。

但是，他這一口氣可真出得驚天

創世紀（局部） （1508～1512 年　溼壁畫　梵諦岡西斯汀聖堂藏）

23

　　動地啊！

　　開幕那一天，原先想恥笑他的人，在徐徐拉開的帷幕中都噎住了。教皇和請來參觀的一群藝術家們全都看得目瞪口呆。

　　他把長方形的天頂分做九份，從天地開光，亞當的創造，蛇的誘惑，一直畫到洪水泛濫，諾亞方舟。非但構思宏偉，無與倫比，那些人物的形體都比真實的大兩倍，因為是畫在天花板上，離地兩層樓高，站在底下抬著頭看，如果太小就看不見什麼。他總共畫了三百多人——而每一個人物都像一座雕像，雖沒有石頭那樣的實感，但那種力感依然存在。米開蘭基羅還是把他最愛的雕刻用筆和顏料刻進了他的畫裡，而這正是別人怎麼妒嫉也奪之不去的特有天賦。

　　真的，他的畫比他的雕刻還要迷

人，充滿雄壯的生命活力，那種「力的震撼」非常強烈，除了驚嘆，沒有人說得出話來。此時，教皇感動，勃拉芒德感動，剎那間鴉雀無聲，連當時最走紅的畫家拉斐爾都震驚得要掉下淚來。

意想不到的，這被強迫著才完成的畫作，使米開蘭基羅真正成為全世界最偉大的藝術家，直到今天，以至於永遠。但他還來不及跟猶理斯二世索討酬勞，那個最瞭解他的教皇就去世了，在新教皇的冷落下，米開蘭基羅悲傷的離開了羅馬，回到他的老家佛羅倫斯。此後再沒有畫過，只專心雕刻。

三十年後，他又被召去羅馬，在這同一個聖堂的正壁上為另一位新的教皇畫了〈最後的審判〉。這就是他最後的畫作。成熟、雄壯之外，此時的米開蘭基羅對於空間的處理也比以前注意，畫面因而顯得華麗了些，後來的美術史家說從這畫上已經可以看出其後所流行的「巴洛克藝術」的方向了。

最後的審判

　　由地上一直延伸到天花板，與〈創世紀〉的圖連接起來。上方半圓形的結構處就是天頂上〈創世紀〉的邊緣。

（1534～1541 年　溼壁畫　1463 × 1341cm　梵諦岡西斯汀聖堂藏）

由〈創世紀〉一直到〈最後的審判〉，好像對繪畫米開蘭基羅倒是有始有終的有個交代了，雖然他當初是多麼不情願才去畫的。現在，梵諦岡的西斯汀聖堂，全世界的人都想去瞻仰——真的是仰著脖子讚嘆，很多觀光客要躺在地上看才過癮呢。我敢打賭：去那裡膜拜米開蘭基羅的比去朝拜教皇的人多得多了。

法國作家羅曼‧羅蘭在《米開蘭基羅傳》裡說過：「不相信天才，不知道天才為何物的人，請看看米開蘭基羅吧。」天才，它就是米開蘭基羅用一生的熱情、辛勤的工作與不屈的意志證明給我們看的那些石頭和顏料也可以完成的神奇創造。

最後的審判（局部）

　　圖中，在地獄裡有個人被判處剝皮之刑，那張
人皮上的面孔，畫的是米開蘭基羅自己，人家都
想上天堂，他卻很幽默的想到地獄裡去。

西斯汀聖堂內景

4. 生活與藝術

　　除了繪畫和雕刻，米開蘭基羅也是一個相當出色的建築師和詩人。在他那個時代，建築不一定是實用的，而是有著特定的紀念性的，像教皇要建造的墳墓根本就如同一個藝術館。在傳統的西洋藝術中，建築的地位其實比畫畫和雕刻要高。總是先蓋好房子再請藝術家去裝飾。後來有經驗的藝術家發現自己的作品要放在自己屬意的地方才成，因此自己也變成了建築師。

　　米開蘭基羅大概也是這樣的業餘建築師，他自己的雕像要怎麼安放，他當然最清楚，譬如〈大衛〉是想放在廣場的，〈奴隸〉卻是為了放在角落而刻的；他畫天花板時，離地十來英尺高的鷹架也只有他自己最知道怎麼樣搭建才合用。所以，後來有人請他建造教堂就一點也不稀奇。

　　但是，寫詩卻不是每位藝術家都

30

可以寫得出來的。
而他也寫得十分出
色，那就很不簡
單。可惜他留下
的詩稿並不多，
戰爭中被焚毀掉
許多，但由一些書
信和畫稿旁邊零星的
字句中還是可以讀到。

其中有一首是他自嘲之作，他寫
著：

　　我的鬍子朝天
　　我的頭顱彎向著肩
　　胸部像隻貓頭鷹
　　……
　　畫筆上滴下的顏料在我臉上開花
　　我的皮肉前身拉長背後卻縮短
　　活像一張敘利亞的弓

這首詩是他畫了〈創世紀〉後寫
的，讀起來好像很幽默，但如果你仔
細想想：在他畫西斯汀聖堂之前，他
雕刻的那些大理石像是多麼的美啊，

囚　徒　（約 1519 年　大理石　高 282cm　義大利佛羅倫斯美術學院美術館藏）

　　這是兩座跟〈摩西〉像差不多高的雕像。米開蘭基羅晚年不再追求美，也沒有年輕時的專心，作品時常是半完成的。但刀痕與銼痕，歷歷在目，像回到原始太初的混沌，帶給現代雕刻者很大的影響。因為有些意思是只可以意會而不易雕出的，那不雕出的部分卻更是耐人尋味。在他許多未完成的作品上，像這兩個，一囚一奴，要掙扎著從石頭中出來又苦於出不來的樣子，好像正是他一生的縮影，在石頭前面他像〈創世紀〉裡的神，但在生活之中他不過是個囚奴罷了。他一生奉獻給藝術當中所受的痛苦，無論有形無形，在死亡的前面不都是徒勞無功的嗎？也許，詮釋那無法定義的人生，就是藝術的本質，藝術家的使命就是要為我們留下藝術。米開蘭基羅雖然做了天才的奴隸和藝術的囚徒，但他留給我們的是多麼豐美的藝術結晶啊！

覺醒的奴隸

（約 1519 年　大理石　高 267cm　義大利佛羅倫斯美術學院美術館藏）

33

他原是極為崇拜肉體美的，而如今看到自己這般的老醜，內心有多麼的痛苦？

有人說他是同性戀者，在那個時代大概沒有「同性戀」這個名詞，但可以相信，他對愛情一直抱著柏拉圖式的理想。因為他從小喪母，後來寄居在梅府深受柏拉圖思想的影響，並且他有位哥哥信奉異教被關在牢中致死，他很早就得負擔起家計，因此他整天不停的工作工作、賺錢賺錢，他對愛情的渴望與得不到的苦悶，發乎藝術之不足，只好用詩歌來彌補，詩不過是他天才的一小部分罷了。他的雕塑與畫，十足的男性化，但他的詩文卻也有他浪漫溫柔的一面。

你看，米開蘭基羅曾為他的作品〈夜〉寫下：

睡眠是何等甜蜜
成為頑石更是幸福
只要世上還有罪惡與恥辱
不見不聞無知覺
於我是最大歡樂

夜（大理石　長194cm）
　　這個代表「夜」的石像，她的腳下是貓頭鷹，腋下是面具，跟其他雕像簡單的底座相比，米開蘭基羅對她又似乎多點兒同情呢！

請不要喚醒我
啊，輕一點輕輕的耳語吧

他所雕塑的其實都是他美化過的愛，他所畫的也都是他英雄式的幻想。他熱愛男性的肉體美，連女人像有時候也拿男人作模特兒來畫，最明顯的就是這幅「女先知」和它

35

創世紀（局部） 「女先知」

（約 1511 年　　400 × 380cm）

　　這個女先知壁畫，因為那扭曲的姿態，常被後來「矯揉主義」（十六世紀中葉的繪畫風格）的藝術家們用作學習的範本。

女 先 知 的 草 稿 （1508～1512 年　紅色炭筆　28.8
× 21.3cm　美國紐約大都會博物館藏）
　　這是紅色炭筆素描，由米開蘭基羅的草稿上看來，
他是用男人來作模特兒的。

的草稿。還有那個〈夜〉的石像，也看得出來他實在對於女性的胴體沒有多大的興趣。反而是他寫信給他的男友時會寫得異常火熱。他在愛情上也許是受苦的，幸好，他把個人的小情小愛昇華了，用那份熱情，他去愛他的家人、朋友和藝術，因為無私，所以變得偉大。如今，我們看到他留下的作品，覺得他像阿波羅似的，隨便他生前怎麼醜吧，反正他早已跟藝術合而為一了。

達伏爾特拉　米開蘭基羅七十八歲時肖像 （約 1533 年）

　　這是米開蘭基羅的學生達伏爾特拉為他畫的炭筆素描，是為一間教堂的壁畫而作的草稿。畫上每根線條上都有細密的針孔，那是為了要把草稿轉到牆上去以便著色的一個步驟所留下的痕跡。

米開蘭基羅 小檔案

1475 年　3 月 6 日，出生於義大利。

1481 年　母親去世，被寄養在奶媽家中，奶媽的丈夫是個石工。

1488 年　被父親送進佛羅倫斯最有名氣的畫坊中當學徒。

1491 年　做浮雕〈聖特爾斯之役〉。

1497 年　三年雕成〈聖殤〉，遠近知名。

1501 年　又花三年工夫雕〈大衛〉。

1508 年　奉教皇之命，放棄雕刻，全力在西斯汀聖堂的天頂畫〈創世紀〉。

1513～1516 年　教皇逝世，回佛城，重新做他最喜愛的雕刻。

1520～1534 年　設計梅迪奇家族靈寢、教皇猶理斯二世墓。

1534～1541 年　被召回羅馬，畫〈最後的審判〉。

1547～1555 年　雕晚年版的〈聖殤〉及許多未完成作品。

1564 年　2 月 18 日，病逝於羅馬。

兒童文學叢書

音樂家系列

沒有音樂的世界，我們失去的是夢想和希望……

每一個跳動音符的背後，到底隱藏了什麼樣的淚水和歡笑？
且看十位音樂大師，如何譜出心裡的風景……

由知名作家簡宛女士主編，邀集海內外傑出作家與音樂
工作者共同執筆。平易流暢的文字，活潑生動的插畫，
帶領小讀者們與音樂大師一同悲喜，靜靜聆聽……